W0316491

NON, NON, NON... LE LISERÉ ROUGE DE NOS PANTALONS, C'EST PAS LA LÉGION D'HONNEUR ! C'EST JUSTE POUR QUE LES INCULTES COMME TOI NE PORTENT PAS LEURS PANTALONS POMPIERS EN CIVIL ! ET DEPUIS 1826 !!
ET MEEERDE... ET MOI QUI RACONTE ÇA AUX JSP DEPUIS 10 ANS...
A·A

VOUS AVEZ VU CHEF ? LES GARS D'HIER N'ONT PAS REMIS LES BALAIS À LEUR PLACE !
ÉCOUTE-MOI PETIT : PRENDS TES GARDES À L'HEURE, PARTICIPE AUX MANOEUVRES, FAIS TES T.I.G. ET SEULEMENT APRÈS ÇA TU VIENDRAS BAVER SUR TES COLLÈGUES...
A·A

MESDAMES, MESSIEURS, BONJOUR... POUR OUVRIR CE JOURNAL, UN REPORTAGE SUR UN ANIMAL EN VOIE DE MULTIPLICATION DANS UNE CORPORATION : LE YAKA FOKON...
FT1 Jean-Bernard DUGLAND
YAKA RECRUTER...
FOKON FASSE GRÈVE...
YAKA REFUSER LES CARENCES...
FOKON NOUS AUGMENTE...
YAKA MANIFESTER...
FOKON ME NOMME...
A·A

SDIS
#LeSablierDuChefDeCentre
RÉUNIONS
NOTES DE SERVICE
PAPIERS ADMINISTRATIFS
FORMATION
BUDGET
MAILS
MANOEUVRE
VISITES MÉDICALES
RETARDS À LA GARDE
RASAGE
CASSE VÉHICULE
DOLÉANCES
SYNDICATS
PLANNINGS
CENTRE DE SECOURS
A·A

ALORS... QUELLE EST LA LONGUEUR DE TUYAUX D'UN DÉVIDOIR MOBILE ?
HEU... JE SAIS PAS...
QUE SIGNIFIE "D.M.R.S." ?
JE SAIS PAS...
QU'EST-CE QUE LE PIED D'ÉCHELLE ?
JE SAIS PAS...
COMMENT CALCULE-T-ON L'AUTONOMIE D'UN ARI ?
JE SAIS PAS...
JE CROIS QUE JE VIENS DE COMPRENDRE D'OÙ VIENT L'ACRONYME J.S.P.
A·A

JOUR DE GARDE

2. Ça décale !

Merci aux lecteurs du tome 1, et si vous lisez ces lignes, c'est que vous l'avez (je suppose) apprécié...
Merci aux abonnés d'AART-nøld sur les réseaux sociaux pour vos messages
de soutien et d'encouragement...
Merci une nouvelle fois à Carlo et July (Zaglia) de me conserver leur confiance...
Merci encore à mon encadrement pour son humour...
Merci à mon pays et (surtout) à sa liberté d'expression (et oui)...
Et toujours, merci à ma fille et à mon épouse pour leur patience et leur esprit critique...

À ma famille.

© 2021. Éditions Carlo Zaglia, une marque de TFD-MEDIAS®
46 impasse des Bleuets
F - 83140 Six-Fours-les-Plages
www.soldatdufeu.fr
ISBN : 979-1-0918-1193-4
Dépôt légal : décembre 2021

Direction générale : Carlo Zaglia
Direction éditoriale : July Zaglia
Auteur : Arnold Aragou
Conception graphique : studio TFD-MEDIAS®
Mise en pages : studio TFD-MEDIAS®
Achevé d'imprimer en décembre 2021 par Sepec IMPRIM'VERT®
Numéro d'impression : 24044211196

ARNOLD ARAGOU

JOUR DE GARDE

2. Ça décale !

Éditions Carlo Zaglia

Puisqu'être « pomplard » ne se résume pas à faire du sport, des manœuvres
et des interventions, impossible de dessiner ce métier sans passer par
tous ces petits « plus » qui font le sel de la profession.
Du Codis aux JSP, en passant par la traditionnelle tournée des calendriers
et les joies de l'astreinte, petit florilège…

VIE DE POMPIER

LES JOIES DE L'ASTREINTE

LE SSSM (SUPER ET SENSATIONNEL SERVICE MÉDICAL)

LES SPÉCIALITÉS : SI PRÈS, SI LOIN...

LES JEUNES SAPEURS-POMPIERS

Il était une fois un amour impossible...

PUISQUE JE TE DIS QUE C'EST UNE IVRESSE VOIE PUBLIQUE ! C'EST TON BOULOT !!
NON ! NON ! NON ! ON VOIT TRÈS BIEN QUE CE MONSIEUR FAIT UN MALAISE ! C'EST À TOI !!
Mais c'est pas notre mission en fait...
Mais notre patrouilleuse est propre...
POLICE
POLICE
SDIS
BURP
Chateau PICRAT 15,5°
A·A

LES POMPIERS J'ÉCOUTE !

LES POMPIERS J'ÉCOUTE ! LE RETOUR...

LES POMPIERS J'ÉCOUTE ! ÉPISODE 3

18 = URGENCES

NOS ÉTRENNES...

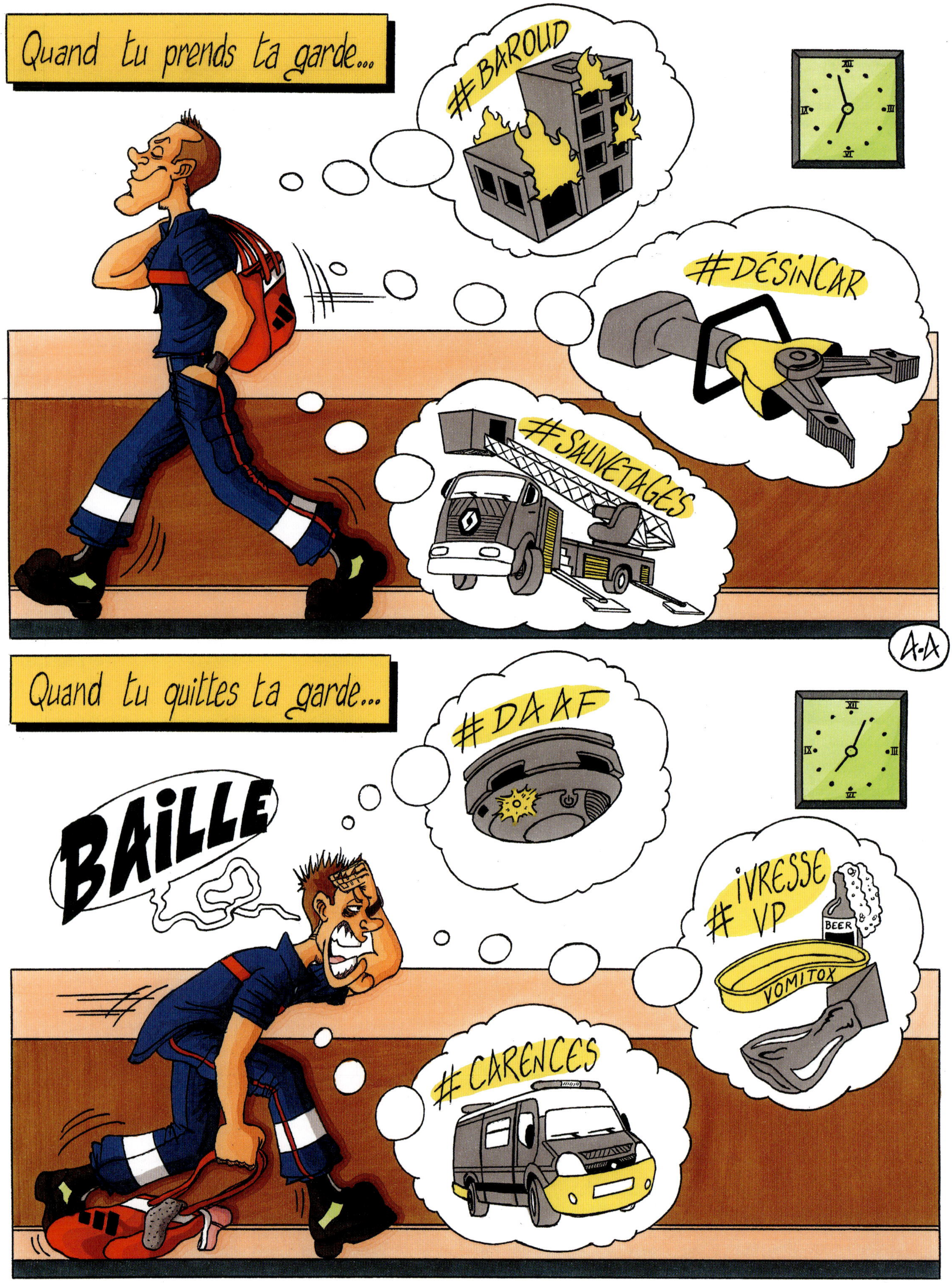
Quand tu prends ta garde...
#BAROUD
#DÉSINCAR
#SAUVETAGES
A-A
Quand tu quittes ta garde...
#DAAF
BAILLE
#IVRESSE VP
BEER
VOMITOX
#CARENCES

RIEN À CIRER QUE TU SOIS "FORMATEUR CAISSON"!!!
TU REMETS PAS UN PIED CHEZ MOI TANT QUE T'AS PAS PRIS UNE DOUCHE!!
OUI MAMIE!
BORDEL!!

OH BALOU ! TU FAIS QUOI AVEC TOUT ÇA SUR TOI ?
LA LIAISON PERSO C'EST POUR VÉRIFIER LA DISTANCIATION PHYSIQUE...
... ET LE HALLIGAN C'EST POUR CEUX QUI NE LA RESPECTENT PAS !!
SARCE
AUTO ROLL
A.A

BON... QUE JE COMPRENNE BIEN POURQUOI VOUS ÊTES DANS LA RUE... VOUS FAITES COMBIEN D'INTERS PAR AN ?
800 000...
NOUS : 4,8 MILLIONS... COMBIEN DE TEMPS VOUS METTEZ POUR DÉCROCHER AU 15 ?
1 MINUTE...
NOUS : 15 SECONDES... ET COMBIEN DE TEMPS AVANT DE DÉCLENCHER LES SECOURS ?
EN MOYENNE 6 MINUTES...
NOUS : 1 MINUTE 30... ET DONC VOUS REFUSEZ LE NUMÉRO UNIQUE 112 ... ??
C'EST ÇA...
AH... ALORS JE COMPRENDS POURQUOI VOUS ÊTES À LA RUE... EUH... ENFIN... DANS LA RUE, PARDON...
VSAV2
CARENC
URGENCES
Grève
EN GRÈVE
DOC
VIDAL
TOUBIB
PPL MATRAS ON N'EN VEUT PAS !!
PRIORITÉ AUX CLIENTS PATIENTS
112 FOIS "NON"
A.A

ÉVOLUTION

SAINT CYR... ÉCOLE DE GUERRE... ÉCOLE MILITAIRE... TOUT ÇA POUR FINIR "GARDE-POMPE"... IL EN A DE CES IDÉES À LA CON, L'EMPEREUR...
EUH... DOUCEMENT... IL A PAS L'AIR COMMODE LE COUSIN PARIGOT DE NAPOLÉON AVEC SA BROSSE À CHIOTTES SUR LE CASQUE...
T'EN FAIS PAS, LE COMMUNAL !! RANGE TA POMPE À BRAS, ENFILE UN CUIR ET VA POTASSER LE R.I.M. PLUTÔT !!
C'EST TERMINÉ LES VIEUX !! MAINTENANT C'EST TABLETTES TACTILES, SMARTPHONES, SPORT ET GIRL POWER !!
A-A
1810
1880
1950
2020

SELLEZ LES CHEVAUX !!
CHEF, SOUS-CHEF, SERVANT, À MOIII !!
ÉTABLISSEZ !!
SONNEZ LES GARDES-POMPES !!
ATTELEZ LA POMPE À BRAS !!
LANCE À FÛT TRONCONIQUE À L'ÉPAULE !
APPEL DU GUETTEUR !
QU'ON ALERTE LA COMPAGNIE COMMUNALE !!
OUI, OUI, JE SAIS... C'EST LE CAPITAINE CAVERNE, L'ANCIEN CHEF DE CENTRE... À LA RETRAITE DEPUIS VINGT ANS... IL A UN PEU DE MAL À COUPER LE CORDON... ET COMME IL COMMENCE SÉRIEUSEMENT À SUCRER LES FRAISES...
GNNN... GNNN...
berliet
HEU...?
MUSÉE DES POMPIERS
FPT - 1965
A.A

BEN, S'TU VEUX, M'SIEUR LE POMPIER, J'ME SUIS FAIT GRAVE MAL AU FOOT IL Y A DEUX JOURS DONC LÀ FAUDRAIT M'AMENER À L'HÔPITAL DU COUP S'TE PLÉ.
PARCE QUE C'EST GRAVE URGENT...
EN FAIT...
TEUHEU!!
KEUHARF!!
AÏE!!
EUH... ÇA VA ALLER BÉBERT ?
BON... BEN ÇA VA DEVENIR DUR CE BOULOT...
SI ON COMMENCE À INTERVENIR SUR DES URGENCES DE DEUX JOURS AVEC DES POMPIERS PLUS VIEUX ET PLUS MALADES QUE LES VICTIMES...
TRENTE ANS DE BRANCARDAGE, DE CAISSONS FEUX RÉELS, DE NUITS, DE BIPS... ELLE EST ENCORE LOIN LA RETRAITE...
VSAV
A-A

« ACTIVE LES LIENS HYPERTEXTES... »
« CONNECTEZ-VOUS EN BLOUTOUSSE... »
« TÉLÉCHARGE LA MISE À JOUR X-221-38-F POUR TA TABLETTE... »
« TRANSMETTEZ VOS DISPONIBILITÉS VIA UNE APPLI SUR SMARTPHONE... »
« RÉPONDEZ-MOI PAR MAIL... »
« ESSAIE LE PARTAGE DE CONNEXION... »
« ON NE CAPTE PAS LE HUIT-FILS... »
« INFORMATIQUE... NUMÉRIQUE... ANALOGIQUE... »
MAIS J'EN PEUX PLUS DE VOS OUTIIILS !!
HEU...
RENÉ...
BOM
HS
A-A

ALLEZ PETIT !! UN POMPIER, ÇA VA AU FEU !!
KOF ! KOF !
ET ENLÈVE-MOI TOUT CE M**RDIER QUI SERT À RIEN !!
TEUHEU ! KEUHOFF ! KOF !!
ON EST PAS DANS VOS FORMATIONS À LA CON, LÀ !!
REUHAA ! TEUHEU ! KEUF ! KOF !
?
TU PEUX ME CROIRE, PETIT : TRENTE ANS DE BOTTES ET JAMAIS UN PROBLÈME...
KOF ! KOF ! TEUHAARF !!
A.A

AVANT...
PAGE 12 : "UN POMPIER SAUVE UN ENFANT DE LA NOYADE."
ROBERT !! TOURNÉE DE RICARD AU MESS DANS 10 MINUTES !?
DÉPART VSAB !!
LE CORPS COMMUNAL VIENT DE NOUS COMMANDER UNE VINGTAINE DE R.I.M. POUR LES JEUNES SORTIS DES CLASSES.
PAS UNE RIDE...
JE SAIS. ON LES A MIS À DISPOSITION EN SALLE D'INSTRUCTION.
PEUGEOT
18
DE LA FUMÉE ET DE LA SUIE PLEIN LA GUEULE... PUTAIN ! QUEL FEU !!
LA PRIORITÉ D'UN OFFICIER DOIT ÊTRE L'EXEMPLARITÉ ET UNE RÉELLE CONNAISSANCE DU TERRAIN...
MAINTENANT...
#
BIGBUZZ.COM : "ILS ARRIVENT ENFIN À SAUVER L'ENFANT APRÈS AVOIR ATTENDU LES SAV, LE CHEF D'UNITÉ, LE CHEF DE GROUPE ET LA CELLULE COM..."
KÉVIN !! TOURNOI DE CROSSFIT À LA SALLE DANS 10 MINUTES !?
DÉPART AMBU PRI... HEU... VSAV !
LA DGSCGC VIENT DE PUBLIER SES DERNIERS DOCUMENTS OPÉRATIONNELS.
PAS UNE RIDE...
JE SAIS. ON LES A MIS EN LIGNE SUR INTRANET POUR LA FMPA.
GESTION DE L'AIR ET DES DÉBITS... ATTAQUE MAÎTRISÉE... PUTAIN ! QUEL FEU !!
LA PRIORITÉ D'UN OFFICIER DOIT ÊTRE D'ÉTABLIR DES PROCESS INHÉRENTS À LA SYNERGIE INTERSERVICES...
A.A

On est tous « chef » chez les pompiers !
Chef d'équipe, chef d'agrès, chef de groupe, de service, de rayon, d'orchestre, d'œuvre, de gare… Calme, caractériel, détendu, autoritaire, pédagogue ou même absent parfois, c'est au choix.
Mais bon, puisqu'il faut bien que quelqu'un commande au final…

LE CHEF

MAIS BIEN SÛR QUE JE GÈRE...
BRRR
A-A
NOTES DE SERVICE
RECUEIL DES N.I.O.
GUIDE DE GENÈVE
MÉMENTO
ERROR SYSTEM!

TON CHEF...

... D'AGRÈS
ÉTABLISSEMENT PAR LES VOIES EXISTANTES DE L'ÉCHELLE À COULISSES SUR LA DIVISION DU DÉVIDOIR TOURNANT !!
DÉBIT !
SMES !!
RECONNAISSANCE !!
... DE CENTRE
CRÉATION D'UN GROUPE DE TRAVAIL EN VUE DE L'ORGANISATION D'UNE RÉUNION PORTANT SUR LA CONCEPTION D'UN GROUPE DE TRAVAIL !
NOTE DE SERVICE !!
MERLIN
OPTIMISATION !!
EFFICIENCE !!
... DE SERVICE
MISE EN OEUVRE DES PROCESS DE SYNERGIE DES INTERFACES FORMATIVES INTRINSÈQUES AU SYSTÈME !
ÉVALUATION !
OBJECTIFS !
CONTRÔLE !!
... DE GROUPE
FAIRE LA PART DU FEU GRÂCE AU SECTEUR ALIMENTATION PAR LES MOYENS SUFFISANTS DE LA PRISE DU C.O.S. !!
COS
RENFORTS !
SITAC !
SOIECM !!
A.A

LA SÉCURITÉ ROUTIÈRE, C'EST "VOIR ET ÊTRE VU"...
LA HIÉRARCHIE, C'EST "COMMENT LE CHEF SE VOIT ET COMMENT IL EST VU"...

MON COMMANDANT, ON COMMENCE À MANQUER DE PLACE DANS LES VESTIAIRES...
SERAIT-IL POSSIBLE DE DÉPLACER DEUX CASIERS...?
VOUS AVEZ RAISON, SERGENT.
BELLE INITIATIVE.
JE VAIS RÉUNIR UN GROUPE DE TRAVAIL QUI AURA POUR MISSION DE SOUMETTRE VOTRE PROPOSITION À UN COMITÉ DE PILOTAGE EN CHARGE DE RÉFLÉCHIR À LA RÉDACTION D'UN PROCESS EN VUE D'UN RÉAMÉNAGEMENT STRUCTUREL.
C'EST IMPORTANT D'ÊTRE RÉACTIF.
A·A

BONJOUR LIEUTENANTS.
TRÈS BEAU TRAVAIL SUR LE FEU DE PINÈDE HIER.
MERCI MON COLONEL ! C'ÉTAIT MOI LE COS !! ANALYSE DE Z.I. SOIECM... MOYENS AÉRIENS... ET TOUT ÇA, ET TOUT ÇA QUOI...
?
C'ÉTAIT IRONIQUE !! 600 HECTARES PARCOURUS !! 2 CCF BRÛLÉS !!! VOUS ÊTES FIERS DE VOUS ?!?
EUH... NON... MAIS EN FAIT C'ÉTAIT LUI LE COS.....
HEIN ?!!
RETEX
Coût du Feu
Budget SDIS
A-A

... VOUS VOICI PROMU AU GRADE DE SERGENT. TOUTES MES FÉLICITATIONS.
#FIERTÉ
ET COMME LE VEUT LA TRADITION...
#BOMBE LE TORSE
OUPS...
HEU...
#FRACASSÉ...
BUM
BADAM

50 NUANCES DE LIEUTENANT...

...QUEL BORDEL !!

DANS MON BUREAU !!
"CHEF ADORÉ...
COMME À L'ACCOUTUMÉE,
VOUS ME VOYEZ NAVRÉ DE
VOUS RENDRE COMPTE DES
FAITS SUIVANTS..."
CRRR...
CRRR...
A.A

C'EST BON, MON CAPITAINE... TOUT EST DÉCLENCHÉ...
LES CHEFS DE GROUPE...
LE CONSEILLER TECHNIQUE...
LE CHEF DE COLONNE...
LE CHEF COMMUNICATION...
LE CHEF PC...
CLIC
BIEN... ET POUR COMBIEN DE CAMIONS EN TOUT ?
A-A
LES CAMIONS...?
HEU...
LES CAMIONS...?
ET MER** OUBLIÉS LES CAMIONS
QUOI ?!
CROUIK
TING!
TING
TING
PROUT
CRRR
CRACK

11 septembre 2001, 7 janvier 2015, 13 novembre 2015, 14 juillet 2016, 15 avril 2019... Et bien d'autres dates encore...
Attentats, incendies, détresse, souffrance, tragédies...
Des événements où nous avons parfois l'impression de vider la mer avec un verre d'eau... Ah... Résilience quand tu nous tiens...

DEVOIR DE MÉMOIRE

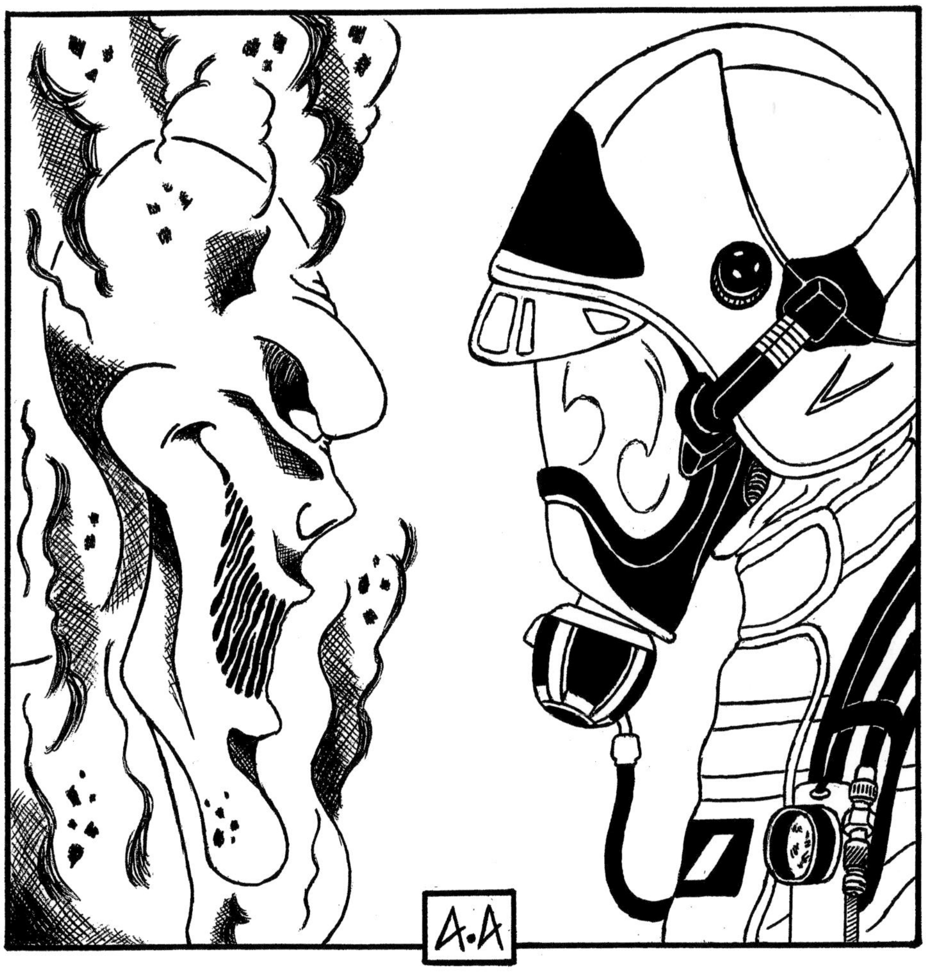

ÇA Y EST, LES MECS ! LE FIRECAT PREND SA RETRAITE !!
ET OUAIP RÉGIS ! APRÈS 60 ANS D'EXISTENCE !!
PRÉCISÉMENT DEPUIS 1952, FRANCK !!
4·4
À Régis HUILLIER
À Albert POUZOULET
À Franck CHESNEAU
décédés aux commandes de leurs trackers en opération de lutte contre les feux de forêt

Cuisine traditionnelle
COMPTOIR VOLTAIRE
Café
11e Arr
RUE
DE LA FONTAINE
AU ROI
Bar
A LA BONNE BIERE
LA BELLE EQUIPE
Le Petit
Cambodge
Le Ca Rillon
Le
Carillon
BATACLAN
Café
Ba'ta clan
Café
H2O
RISQUES
PSYCHO
SOCIAUX
STRESS
PSYCHO
TRAUMATIQUE
Chez les
Sapeurs
Pompiers
Chapitre
VIII
Le Monde
édition du 14.11.2015
LA TERREUR
À PARIS
A.A

14 juillet 2016
18
NICE
4·4

A-A

HOMMES OU FEMMES...
PROFESSIONNELS, VOLONTAIRES
OU MILITAIRES...
OFFICIERS, SOUS-OFFICIERS,
CAPORAUX OU SAPEURS...
JEUNES PIAFS OU VIEUX SARCES...
MANUELS OU INTELLECTUELS...
À TOUS CEUX QUI SONT OU
SERONT...
À LA MÉMOIRE DE NOS ANCIENS...
SOYEZ PRUDENTS, ET QUE
SAINTE-BARBE VEILLE SUR VOUS...
A.A

WOUAH
C'EST GÉNIAL CE QUE VOUS LISEZ MON COLONEL ! C'EST QUOI ?
LE MEILLEUR LIVRE DE TOUS LES TEMPS SUR LES SAPEURS-POMPIERS...
AH OUI... GDO ? GTO ? RIM ? GNR ?
NON : LE TOME 1 DE LA BANDE DESSINÉE "JOUR DE GARDE".
DISPO ICI
JOUR DE GARDE
BOSS
BRRR
RAPPELER MERLIN RELOU
A·A
DGSCGC IS THE KING
SPP
BUDGET
SPV
FAIRE PLUS AVEC MOINS
DOLÉANCES SYNDICALES
URGENCE ABSOLUE
TROUVER DU BLÉ
EXTRÊME URGENCE
ULTIME RECOURS
BIEN-ÊTRE AU TAF
TROP TARD
Le SDACR c'est bien la RETRAITE c'est mieux
Vivement la quille
BEST SELLER
SI ON NE RIT PLUS ON EST FOUTUS

JOUR DE GARDE

TOME 1. LA PRESQUE VIE DES SAPEURS-POMPIERS

Entrez ! Passez les portes de la caserne et venez découvrir la presque vie des sapeurs-pompiers.

DISPONIBLE SUR WWW.SOLDATDUFEU.FR

L'AUTEUR

AART-nøld, Arnold Aragou. Né en 1983. Lieutenant de sapeur-pompier professionnel au Sdis de l'Aude. Adjoint au chef de centre. Voilà pour l'état « civil ». Ça suffira amplement…

Pour le reste, je vais d'abord m'adresser à monsieur Toriyama (*Dragon Ball*), monsieur Otomo (*Akira*), monsieur Franquin (*Gaston Lagaffe*) et au Club Dorothée (pour tous ses dessins animés). Et oui, car si cet ouvrage existe aujourd'hui, c'est parce que depuis tout petit, j'use mes crayons grâce à leurs inspirations. Donc merci à vous.

En effet, d'aussi loin que je me souvienne, j'ai toujours dessiné : à la maison, en cours, à la plage… Mais jamais au boulot évidemment ! Un pur autodacd… autodictad… autoticdat… Bref, j'ai appris tout seul quoi… Plus sérieusement, à la date où j'écris ces lignes, je suis sapeur-pompier depuis 18 ans. Dix-huit ans de bip, de nuits, d'interventions, de manœuvres, de sport, de stages, de Sainte-Barbe, de deux-tons, de blagues potaches, d'anecdotes… Dix-huit ans d'un métier-passion permis par la tradition familiale. Quoi de mieux (du coup) que de chercher l'inspiration dans ce que je vis au quotidien depuis ces dix-huit années ? TOUT, absolument TOUT ce que contient cet album est issu, adapté ou inspiré de situations ayant existées, et dans lesquelles mes lecteurs pompiers se reconnaîtront certainement. Puissent mes gribouillages vous faire rire, sourire, réfléchir… ou du moins divertir.

LE NELAR ? BEN... HEU... "NETTOIE, ÉCOUTE LE LIEUT' ET ARRÊTE DE RÉFLÉCHIR", C'EST ÇA ?
NOOON!
NOM
ENGIN
LOCALISATION
AIR
RENFORT
QUAND T'ES EN DANGER SOUS ARI... RÉVISE TON GTO, MERDE !
A·A

Mais Qui Sont Vraiment Les Antivax ?
PEUR DU VACCIN ?
NON... DES PIQÛRES...
MAIS...
A·A

POUR UN DÉPART EN INTERVENTION C'EST "DÉCALER" LE BON TERME À UTILISER... ET PAS "DÉCALOTTER" !!
AAAH... C'EST POUR ÇA CES REGARDS BIZARRES EN FORMATION...
ANDOUILLE !
A·A